Nana Vieja

EDICIONES
ekaré

Traducción: Carmen Diana Dearden
Caligrafía: Morella Fuenmayor

Tercera edición, 2008

© Texto 1995 Margaret Wild
© Ilustraciones 1995 Ron Brooks
© 2000 Ediciones Ekaré

Edif. Banco del Libro, Av. Luis Roche,
Altamira Sur, Caracas 1060, Venezuela
www.ekare.com

Publicado por primera vez en Australia
por Little Ark Books, Allen & Unwin Pty Ltd.
Título del original: *Old Pig*

ISBN 978-980-257-234-2
HECHO EL DEPÓSITO DE LEY
Depósito Legal lf15119988002112
Impreso en China por South China Printing Co.

Nana Vieja

Texto de Margaret Wild

Ilustraciones de Ron Brooks

EDICIONES EKARÉ

Para mi madre
M. W.

Un agradecimiento especial a Rosalind Price,
a Margaret, Sam, Adelaide y Henry,
y a Paul Clark por el prado del Capitán Taylor
R. B.

Nana Vieja y su nieta habían vivido juntas por mucho, mucho tiempo.

Compartían todo,
incluyendo los oficios de la casa.

Todos los días, Chanchita cortaba leña
mientras Nana Vieja limpiaba el horno.

Chanchita barría mientras Nana Vieja desempolvaba.

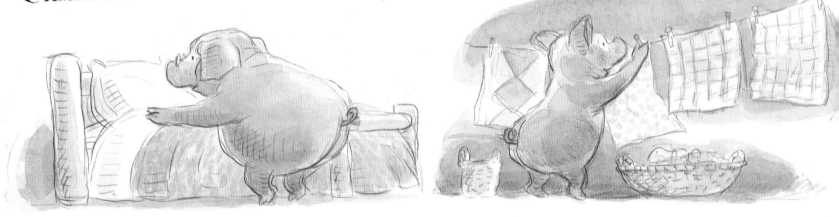

Nana Vieja tendía las camas mientras Chanchita colgaba la ropa recién lavada.

Chanchita preparaba avena,
té y pan tostado para el desayuno.

Nana Vieja cortaba zanahorias
y nabos para el almuerzo.

Y juntas, Nana Vieja y Chanchita cocinaban maíz y trigo para la cena.

—¡Odio el maíz y el trigo! –decía siempre Chanchita.
Y Nana Vieja siempre contestaba:
—El maíz y el trigo te hacen bien. Mientras yo viva,
mi Chanchita, tendrás que comerlos.

Y con esto, Chanchita dejaba de quejarse.
Comería maíz y trigo para el desayuno, el almuerzo y la cena,
si eso quería decir que Nana Vieja viviría para siempre.

Una mañana, Nana Vieja no se levantó a desayunar como de costumbre.

—Me siento cansada —dijo—. Creo que hoy desayunaré en la cama.
—¡Pero si tú nunca comes en la cama! —dijo Chanchita—.
No te gusta dejar migajas en las sábanas.
—Estoy cansada —repitió Nana Vieja.

Y cuando Chanchita le trajo una bandeja con avena,
pan tostado y té, Nana Vieja se había quedado dormida.
Durmió durante el almuerzo y la cena también.

Mientras Nana Vieja descansaba, Chanchita cortó la leña,
limpió el horno, barrió, desempolvó, lavó la ropa y tendió su cama.
Trató de silbar mientras trabajaba, pero lo único que le salió
fue un pequeño y solitario "oink".

Al día siguiente Nana Vieja aún estaba cansada, pero se levantó con mucho esfuerzo. Tomó una cucharada de avena, un pedacito de pan tostado y un sorbo de té.

—Eso no es suficiente ni siquiera para alimentar a un gorrión —dijo Chanchita.

Puso una cara severa y cariñosa, pero Nana Vieja sólo cerró los ojos por un momento y luego buscó su cartera y su sombrero.

—Tengo mucho que hacer hoy —dijo—. Debo estar preparada.
—¿Preparada para qué? —preguntó Chanchita.

Nana Vieja no respondió. No tuvo que hacerlo. Chanchita ya sabía
la respuesta y sintió ganas de llorar.

Nana Vieja devolvió sus libros a la biblioteca y no pidió prestado ningún otro. Fue al banco, sacó todo su dinero y cerró la cuenta.

Luego fue al abasto y pagó lo que debía. También pagó la electricidad, las verduras y la leña.

Cuando regresó a casa, metió el resto del dinero en la cartera de Chanchita.

—Guárdalo —dijo—, y úsalo bien.

—Lo haré —dijo Chanchita. Trató de sonreír pero sólo hizo pucheros.

Nana Vieja dijo: —Ya, ya. No quiero ver lágrimas.

—Prometido —dijo Chanchita. Pero fue la promesa más difícil que había hecho jamás.

—Ahora —dijo Nana Vieja—, quiero festejar.

—¿Te volvió el apetito? —preguntó Chanchita esperanzada.

—No es comida lo que me apetece —dijo Nana Vieja—.
Quiero caminar lentamente por el pueblo y festejar con mis ojos
los árboles, las flores, el cielo... ¡Todo!

Entonces Nana Vieja y Chanchita pasearon lentamente por el pueblo.
De vez en cuando, Nana Vieja tenía que parar a descansar.
Pero siguió mirando. Mirando y escuchando, oliendo y saboreando.

—¡Mira! —dijo Nana Vieja—.
¿Ves como la luz brilla en las hojas?

—¡Mira! —dijo Nana Vieja—.
¿Ves como las nubes se juntan a chismear en el cielo?

—¡Mira! –dijo Nana Vieja–.
¿Ves como se refleja el gacebo en el lago?

—¿Oyes a los loros discutiendo?

—¿Puedes oler la tierra tibia?

—¡Siente el sabor de la lluvia!

Era tarde cuando NanaVieja y Chanchita por fin regresaron a casa.

NanaVieja estaba tan extenuada que se fue directo a la cama.

Luego Chanchita se preparó un pocillo de maíz y trigo, y se lo comió todo.
Lavó los platos y los guardó en su lugar.

Después se fue al cuarto de Nana Vieja. Aún no se había dormido.
Chanchita se sentó en la cama y le dijo:
—¿Recuerdas cuando yo era pequeña y tenía una pesadilla
y tú te metías en mi cama y me abrazabas?
—Recuerdo —dijo Nana Vieja.

—Esta noche —dijo Chanchita—, me gustaría meterme en tu cama
y abrazarte. ¿Está bien?
—Eso estaría muy bien —dijo Nana Vieja.

Entonces Chanchita apagó las luces,
abrió la ventana para que soplara la brisa
y corrió las cortinas para que entrara la luna.

Luego se metió en la cama de Nana Vieja.
La abrazó muy fuerte y, por última vez, Nana Vieja
y Chanchita se acurrucaron juntas hasta el amanecer.

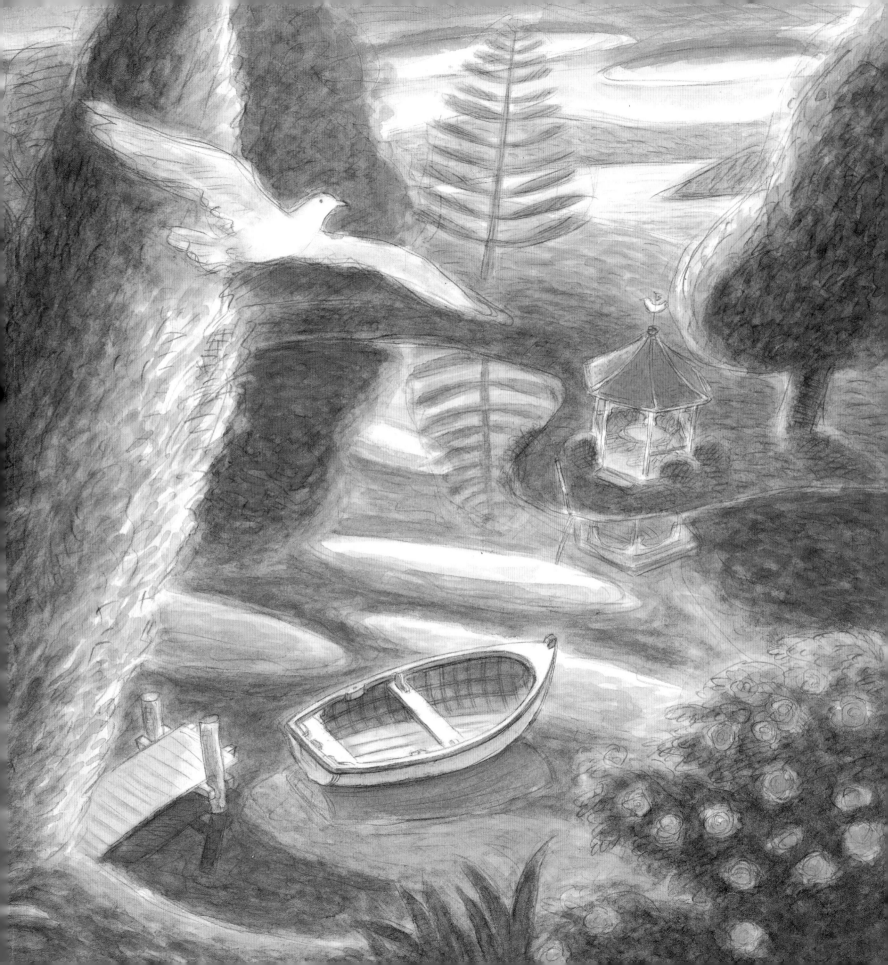

Margaret Wild es una reconocida autora australiana de libros para niños. Sus cuentos exploran emociones y relaciones complejas de una manera sencilla pero significativa. Además de haber escrito más de veinte libros para niños, ha trabajado también como editora. Actualmente reside en la ciudad de Sydney junto con sus dos hijos.

Ron Brooks vive con su esposa y tres hijos en Tasmania, una isla ubicada al sureste de Australia. Por la excelencia de sus ilustraciones, ha recibido en dos ocasiones el premio del "Children's Book Council" de Australia al mejor álbum para niños. Los libros que ha creado con Margaret Wild, entre los cuales figura *Nana Vieja*, han sido publicados exitosamente en varios países.